ちくま文庫

自分の謎

赤瀬川原平

筑摩書房

目次

自分の謎　Individual Mystery

I

目の問題

A Visual Problem

鏡を見るのが嫌（いや）な人と、嫌でない人がいる。ぼくは嫌なので困（こま）る。

なぜ嫌なのか、自分でもわからなかったが、よく考えたら、わかってきた。

鏡を見ると、人に見られるからだ。鏡に映っているのは自分だけど、その自分という人の目がこちらを見ている。それがどうも嫌で、そんなに見ないでくれと、本当はそう言いたい。

皆さんはどうですか。

自分

11

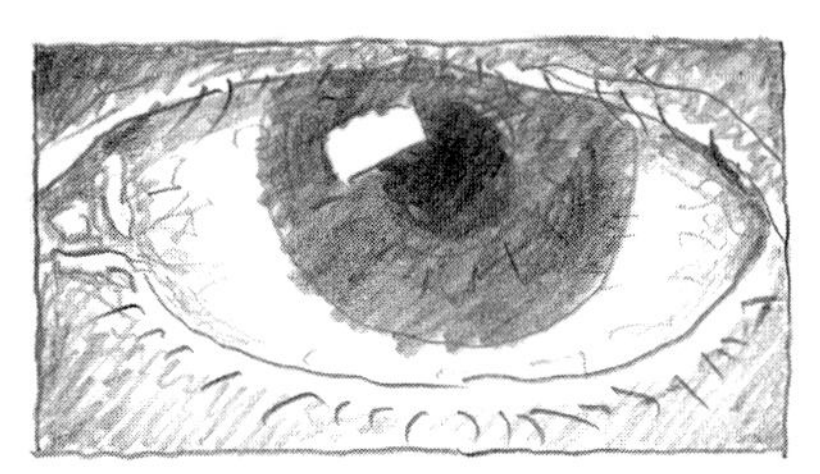

鏡に映るのは自分なんだから、何でもないじゃないか、という人もいる。でもそうだろうか。理屈で考えたらそうかもしれないが、

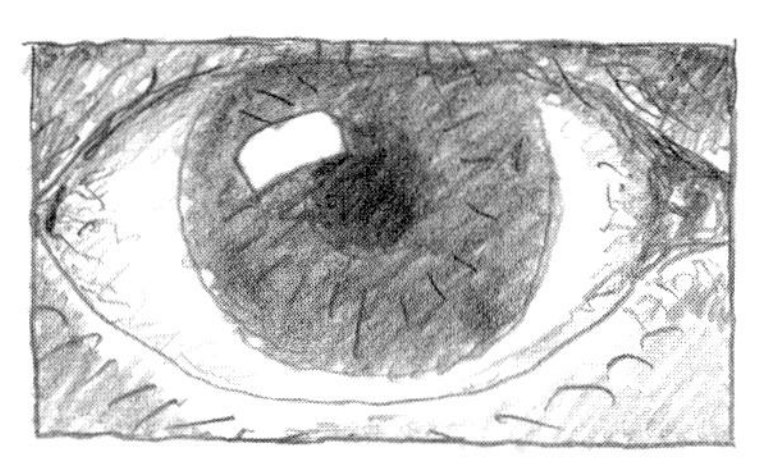

理屈で考えなければ、とにかく鏡に人がいる。その人の目がこちらをじっと見ている。それが嫌なのだ。どうして嫌なのだろうか。

鏡を見るのが平気(へいき)な人は、たぶん鏡の中の人を、こちらが見ているのだろう。鏡に人が見えるので、その人をじーっと見ている。その人に見られたりはせずに、その人を見ているのだ。

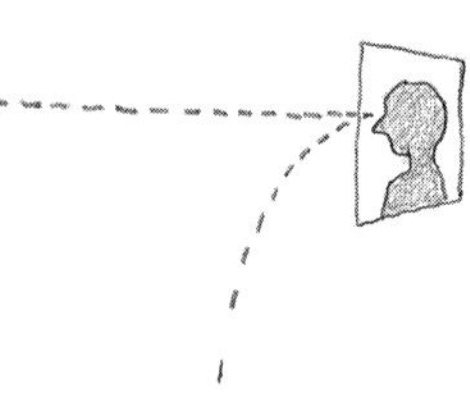

ぼくの場合、見ようと思いながら、どうしても見られてしまう。ただの自意識過剰、あるいはただ気が弱いということだろうか。

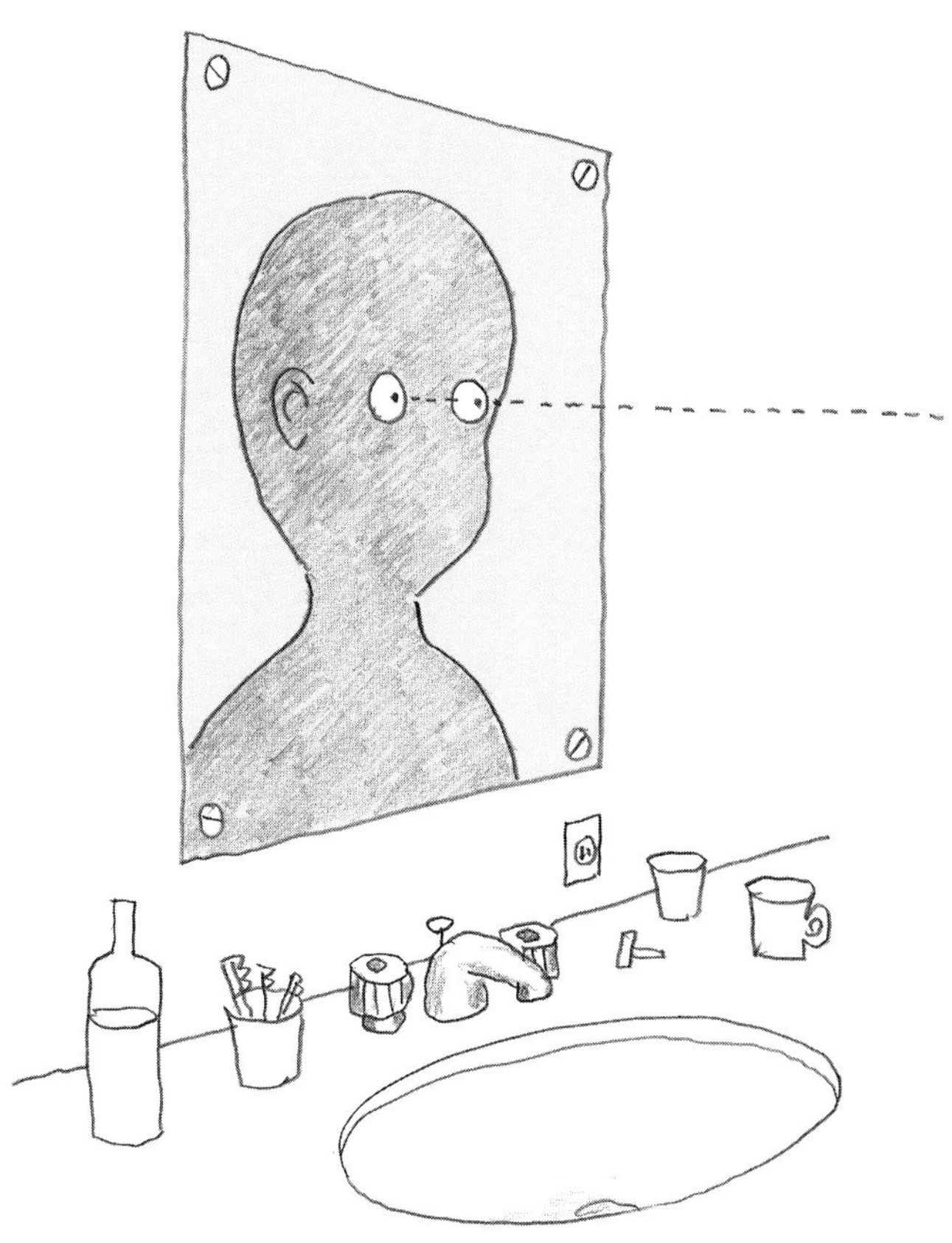

視線恐怖症というものがあるらしい。物を見つめる視線には、攻撃の要素が含まれている。直接の攻撃でなくても、喧嘩はまず見ることからはじまる。

見ていると互いの目が合って、その見る目が強くなると、睨むということになっていく。

だから猿山（さるやま）の看板にも、

猿の目を見ないように
して下さい。
強く見ると、興奮して
飛びかかってきます。
猿山猿係

という警告が出ている。

じっと見るものは、次には襲(おそ)ってくるかもしれないと、生物界ではそういう関係になっているのだ。

日本が観測衛星を打ち上げたら、近くにある武装独裁国が猛烈に抗議した。打ち上げたのは刃物でも爆弾でもないのに、それが目だから怒るのである。見たと言って身構える。「ガンをつけたな」と言って青筋を立てるのと同じ原理だ。

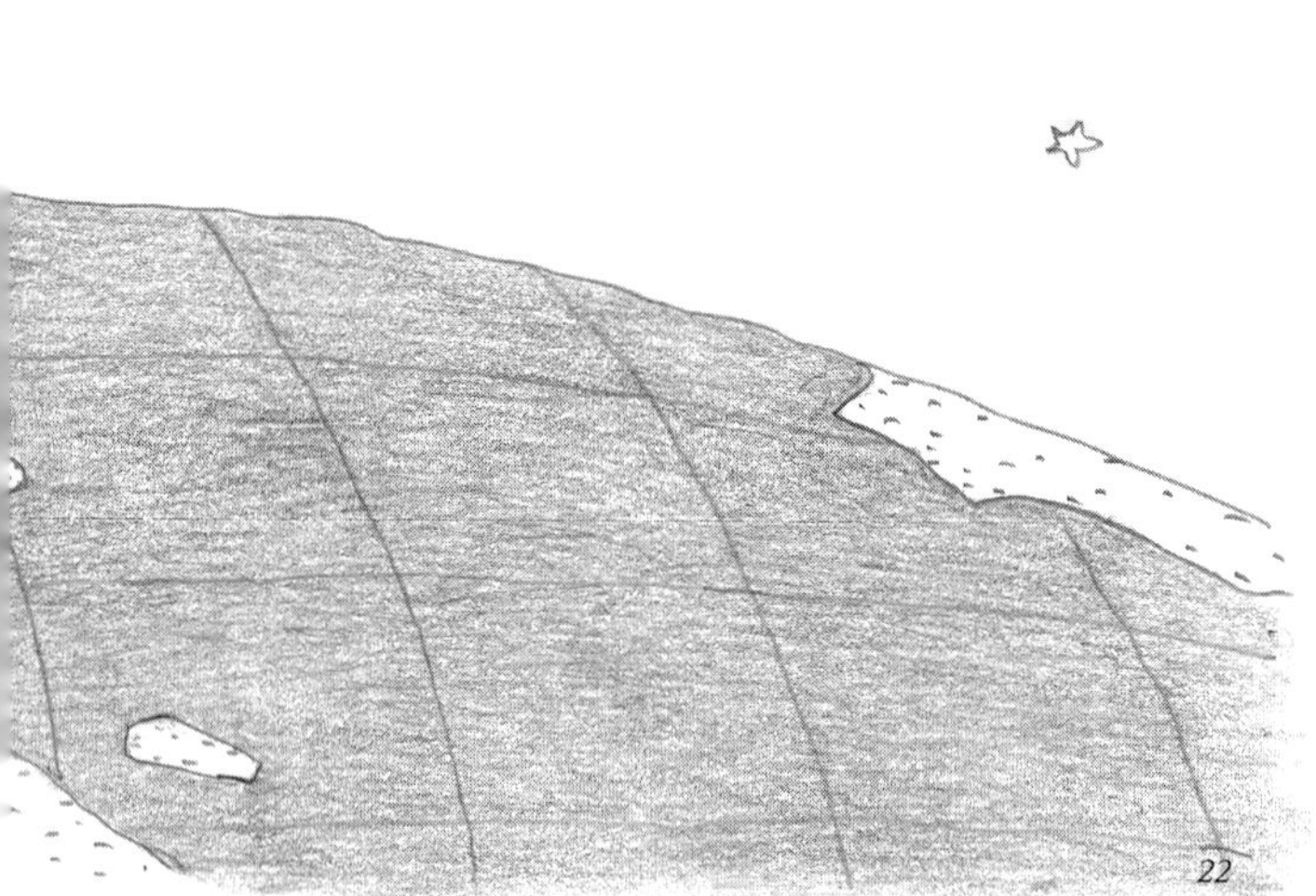

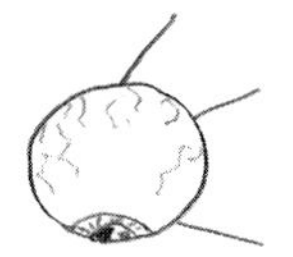

そんな目だから、自分の目でも、鏡を見たらその視線が反射してこちらに向かう。だから鏡を見るのは嫌なのだけど、みんなはどうなのだろうか。

鏡の中にいるのは、自分のようだけど、あれは自分ではない人だ。
自分はここにしかいない。

II

痛い問題

A Problem of Pain

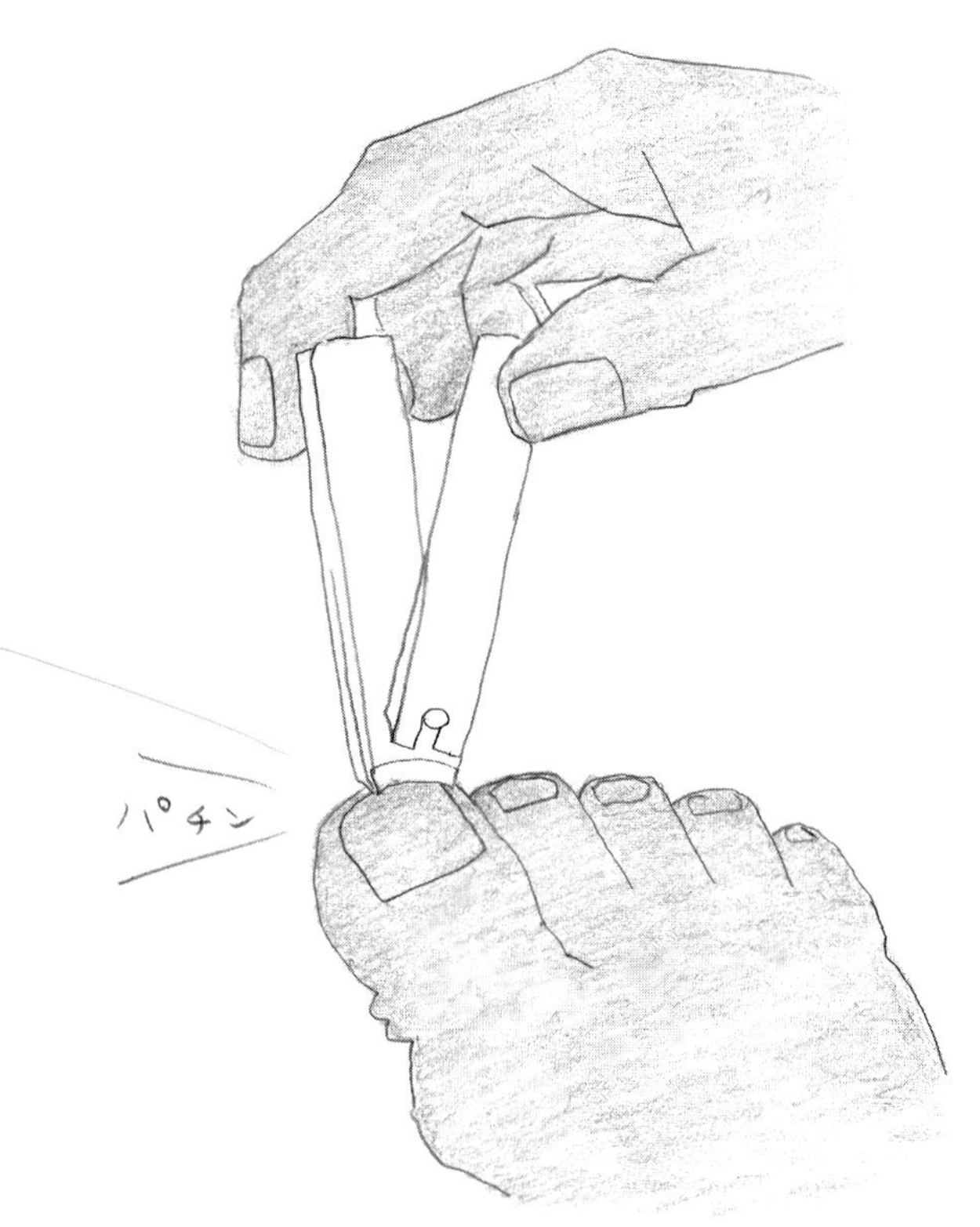
パチン

爪切(つめき)りで爪を切りながら考える。爪は切っても痛くない。自分の足の爪なのに、自分にはぜんぜん痛くない。爪は自分じゃないのだろうか。

床屋で髪を切ってもらいながら考える。髪の毛は切っても痛くない。髪の毛は自分じゃないのだろうか。

チョキ
チョキ
小泉首相が……

手は切ると痛い。自分の手は、自分で痛いとわかるから、手はどうしても自分だ。

足も切ると痛い。

腹も痛い。

顔もお尻(しり)も痛い。

自分の体を切ると、自分が痛い。痛いのは、どうしても自分の体である。

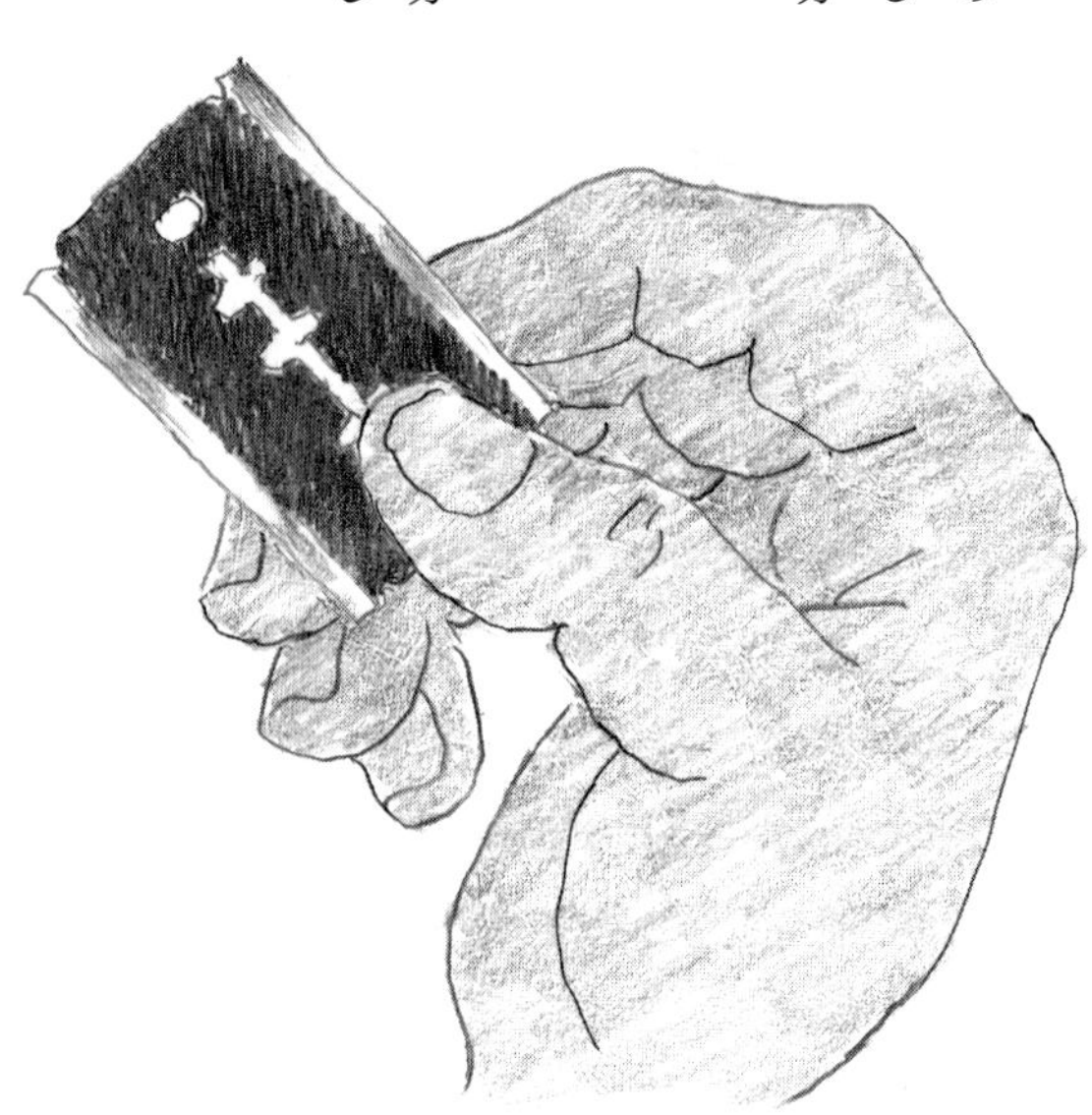

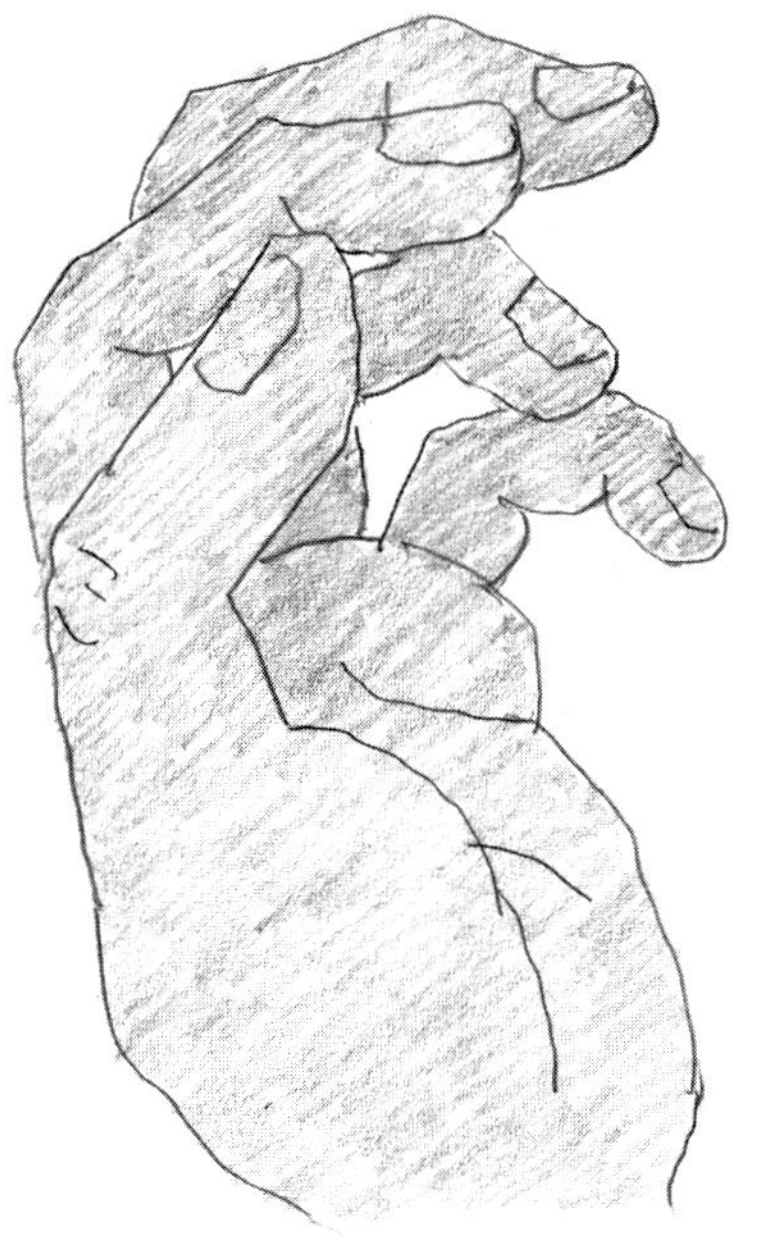

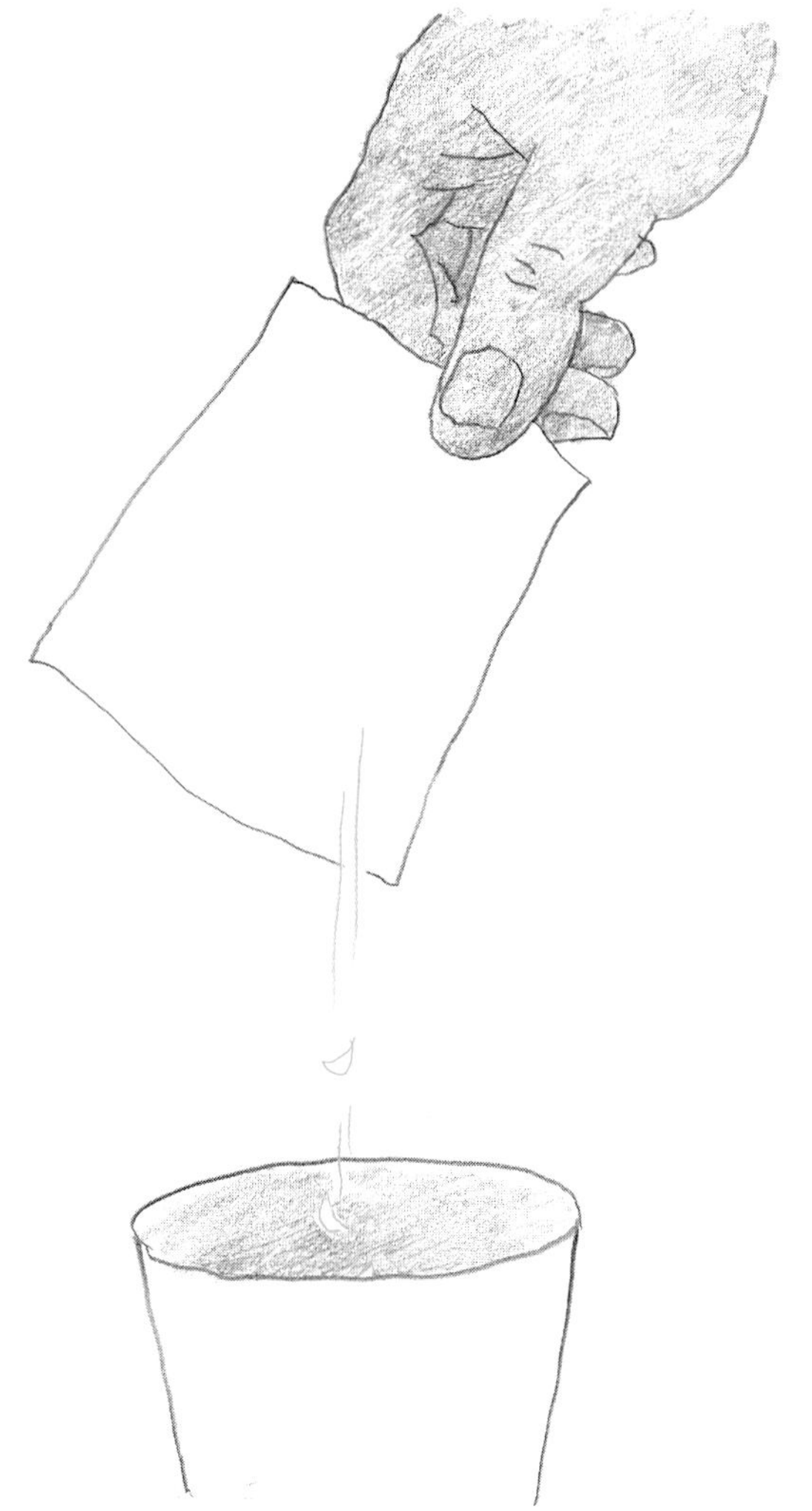

でも切り離した爪のカケラは何だろう。爪は指の先についている時から痛くないので、自分かどうか怪(あや)しいものだったけど、切り離してみれば、完全に自分ではない。ただの物だ。

でも手となると爪とは違う。ぼくは経験ないけど、手が切断されたらもの凄く痛いだろう。

でも痛いのは体の本体の方で、切断された手の方はもう痛くないような気がする。

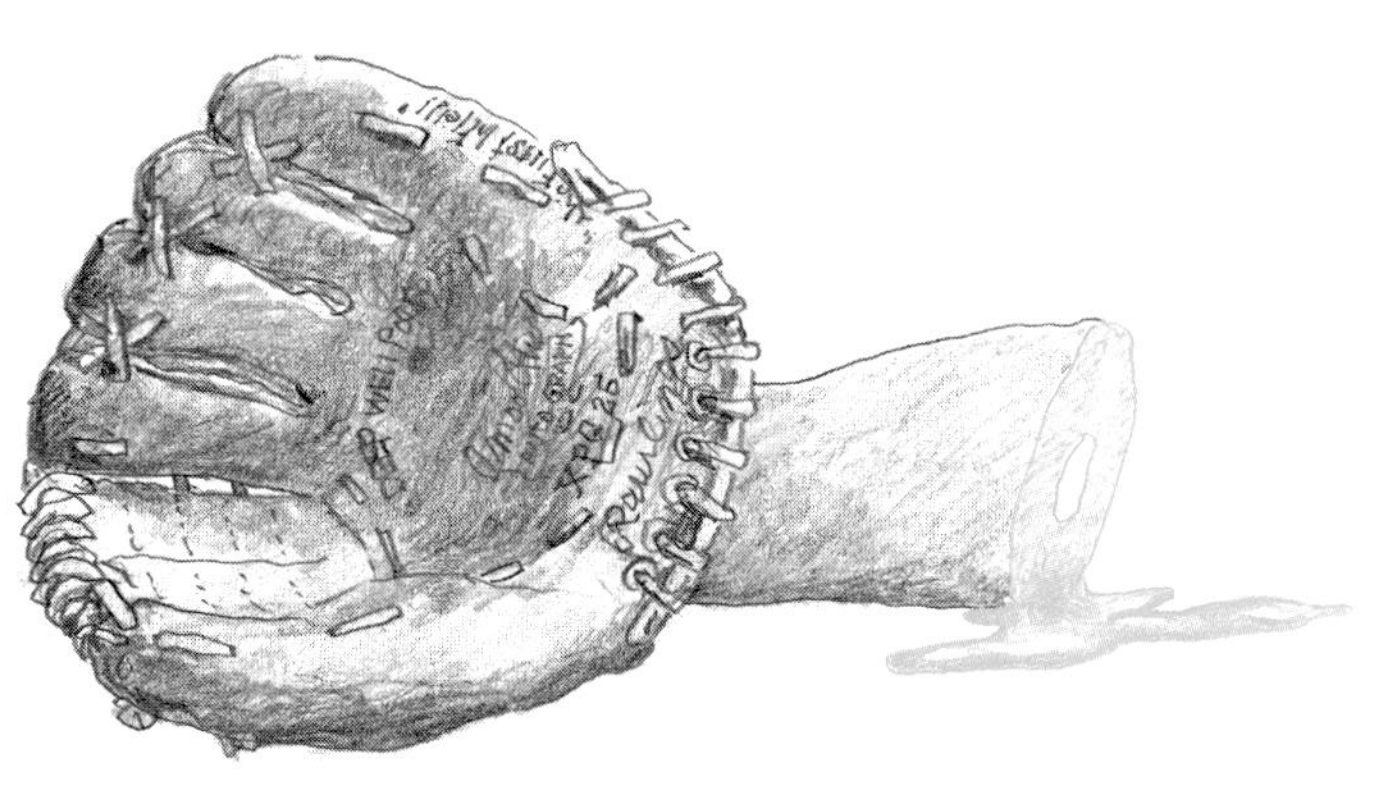

部分

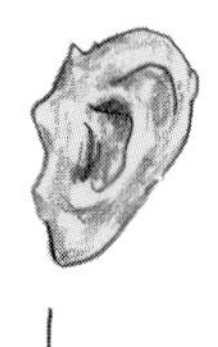

——痛くない

つまり痛いのが自分で、痛くないのはもう自分でなくなった物らしい。とすると、いつも痛い側(がわ)に自分はある。

本体
「痛い

実験はできないけれど、自分の体を痛いのと痛くないのに分けていったら、痛いと感じる最後はどこになるのだろうか。

それは結局、頭と心臓になりそうだ。頭がなくなると、もう痛いという意識がなくなる。心臓がなくなると、もう死んでしまう。たぶんその二つが、最後に追いつめられた自分なのだ。

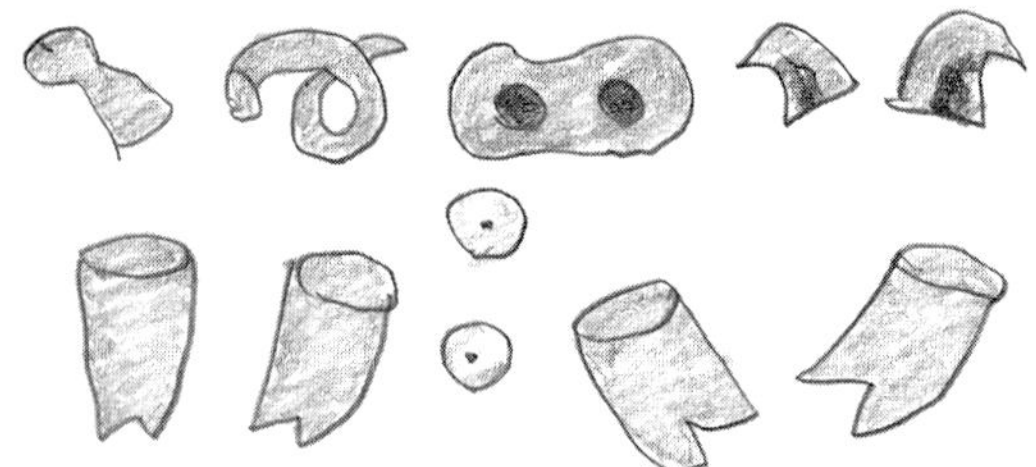

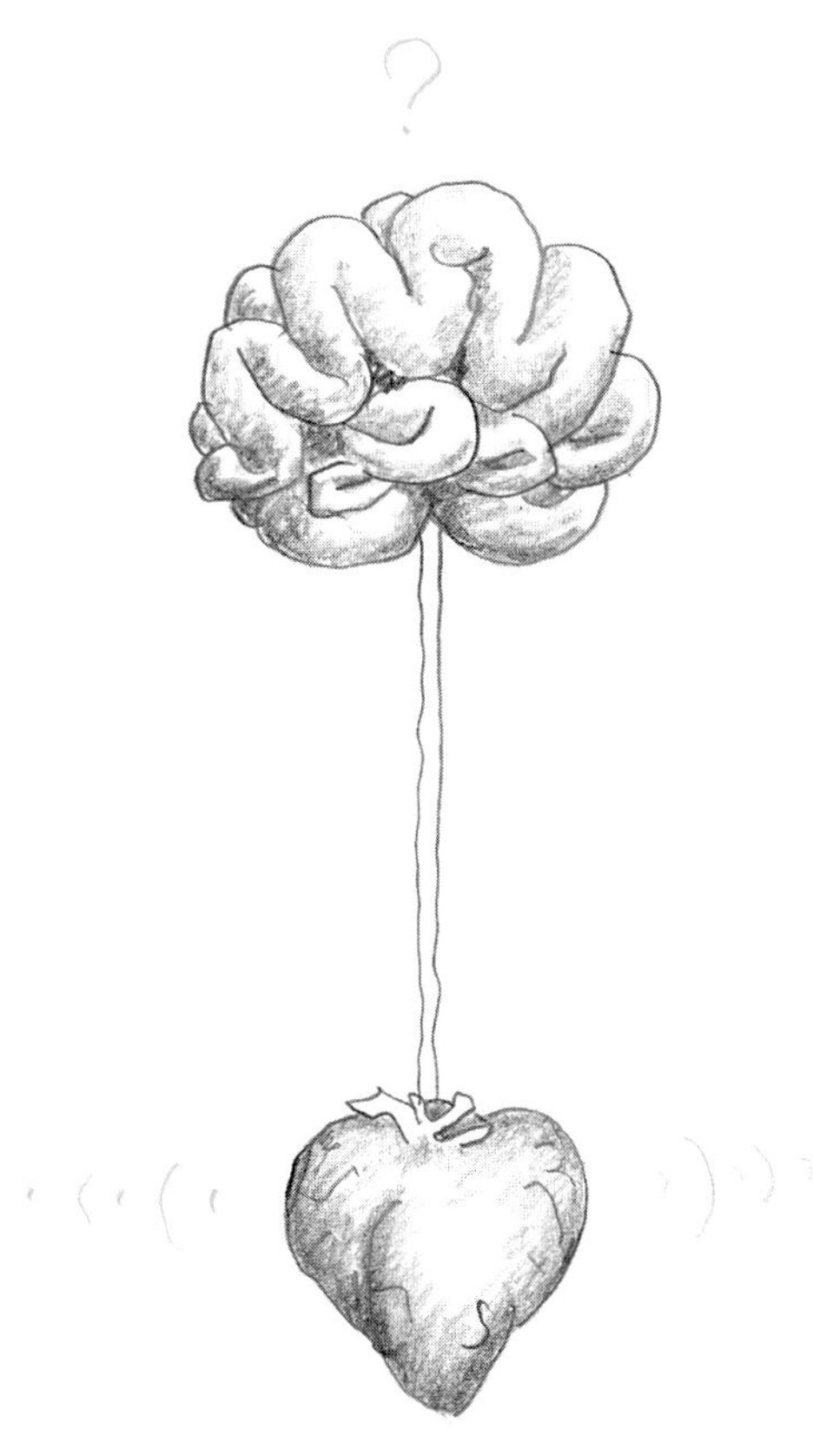

自分というのは頭と心臓という二つの中心をもつ楕円構造を成している。どちらか一つが中心という真円ではあり得ない。

楕円形の描き方

二点に刺したピンとピンを一本の紐でつなぎ、その紐がゆるまないようにエンピツで外側に張りながら円弧を描く。

自分の図

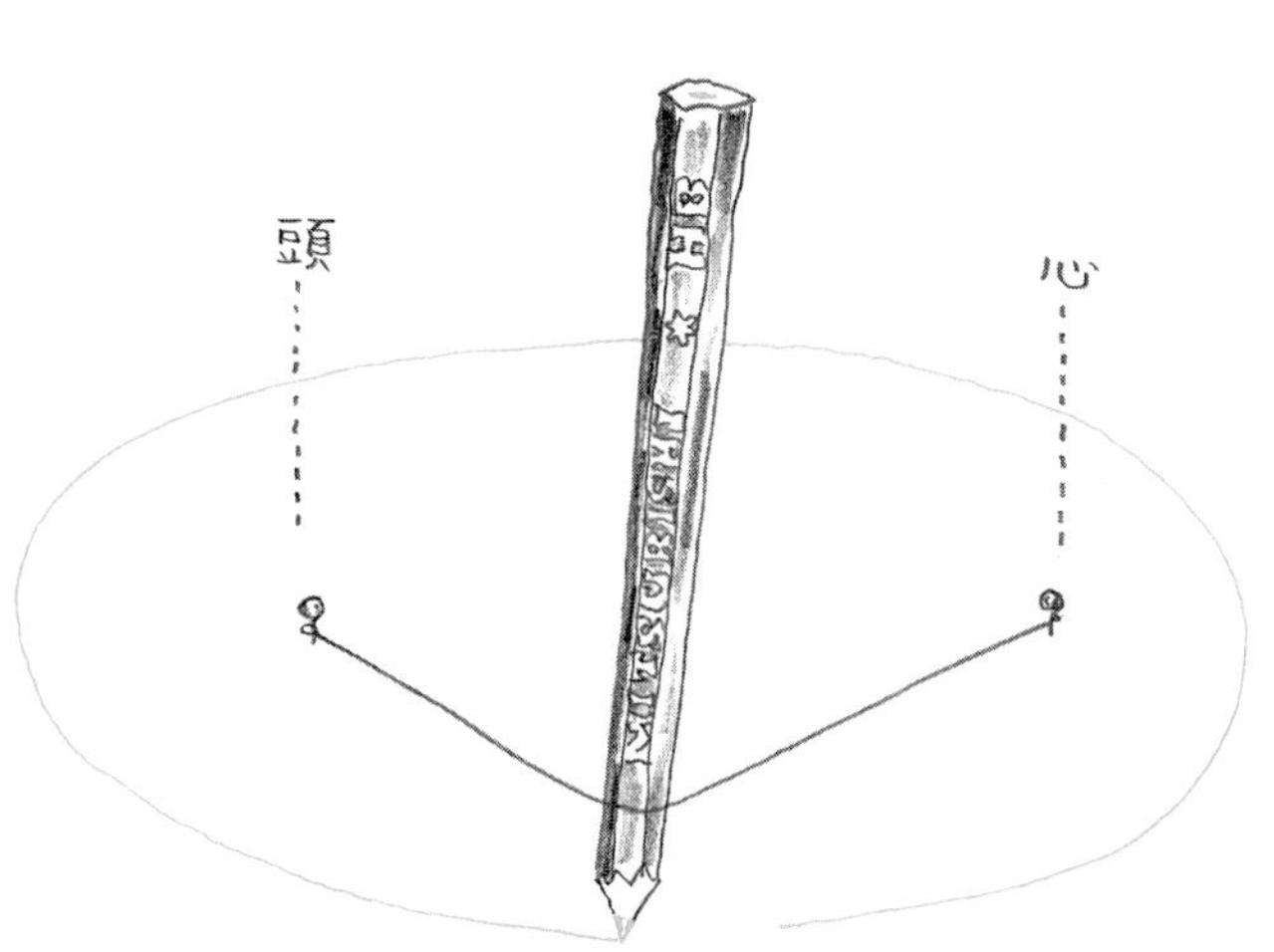

とにかく痛いのは、自分が自分であることの、いちばん簡単な証(あかし)である。

「アイデン
ティティティ
テテテテ
痛て痛て痛て痛て……

III　国境問題

A Problem of Borders

自分の体は、痛さに囲まれている。痛さに守られている。痛いところが自分の体の国境で、その国境線を全部繋ぐと自分の体のアウトラインがあらわれる。自分の国境警備隊は、常に外敵を監視して、国境線を護持している。

とはいえそのアウトラインは常に揺(ゆ)れている。ときどき爪を切り、髪を切る。汗が出ていくし、時には涙も出る。排泄物(はいせつぶつ)も堂々と出ていく。頭と心臓は出ていかないが、自分のローカル部分は少しずつ、自分でも知らないうちに、自分ではない物になって、自分から出ていく。

?

記憶だってそうだ。自分の記憶は自分のものだと思っていても、記憶はいつも揺れながら、少しずつ消えている。自分の記憶なのに、いつの間にか自分から離れる。

自分の中にも、自分の知らない外側があるのか。

そもそも人間は一本のパイプだといわれる。そのパイプの入口からは、ホウレン草や、鯵の開きや、カマボコや、ビールや、いろんな物が入り込み、パイプを通って出口から出ていく。

自分の体は自分だといっても、パイプの中を通過中のホウレン草は自分なのか。鯵の開きは自分なのか。

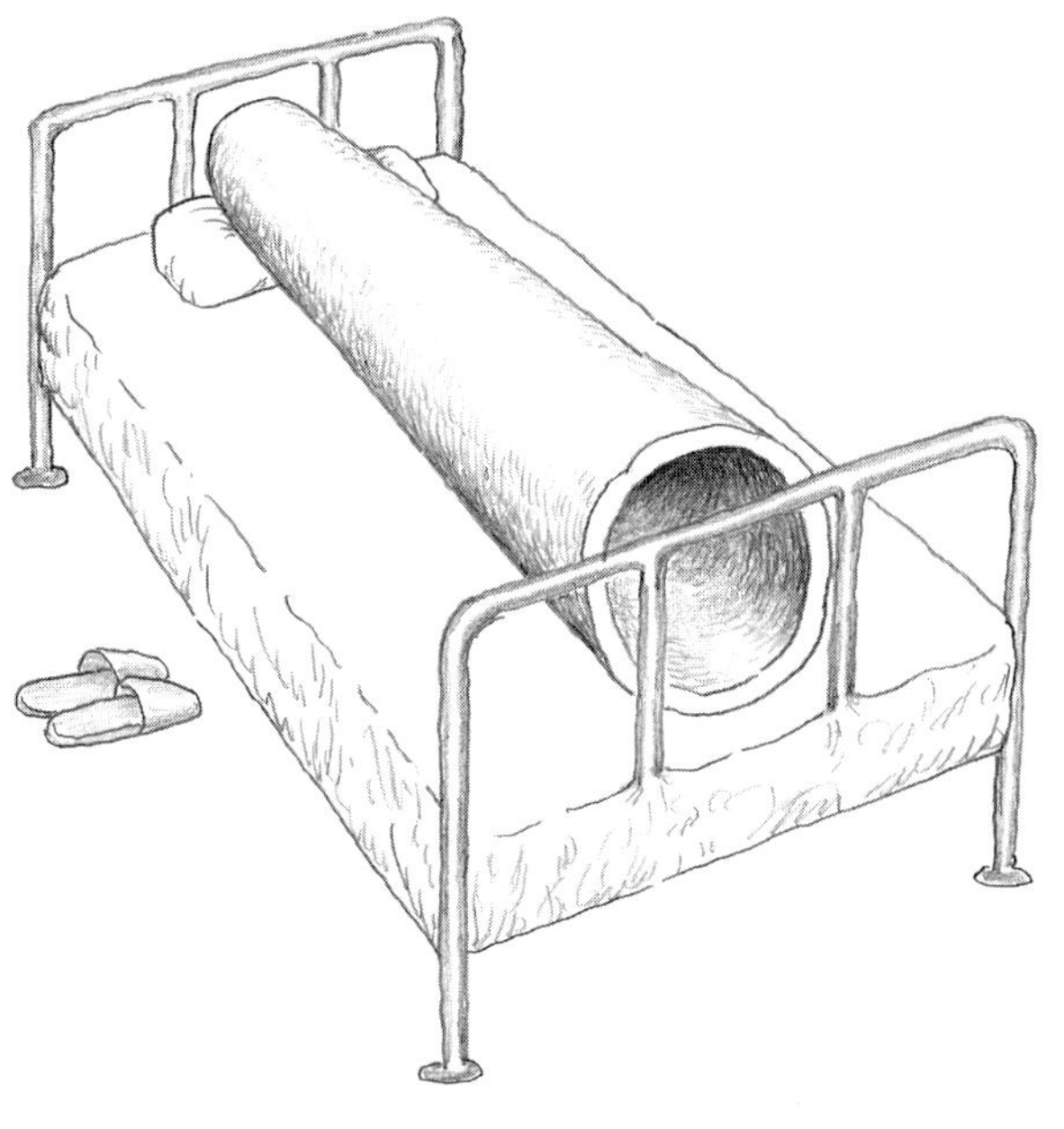

考え方はいろいろあろうが、パイプの中を通過中のホウレン草や鰺の開きは、まだ自分でないと思う。それは国道を通過する車みたいなものだ。口から肛門までのパイプの中は、いわば公道である。公道をいろんな宅配便のトラックが走り抜けて、必要な荷物だけ内壁がハンコを押して受取り、そのほかの物はまた公道を通り抜けて出口から出ていく。

公道だから、不審な車も通る。ぼくがメキシコへ旅行したとき、生魚といっしょにサルモネラ菌が運ばれてきた。その一部をつい受取ってしまい、えらい目に遭った。

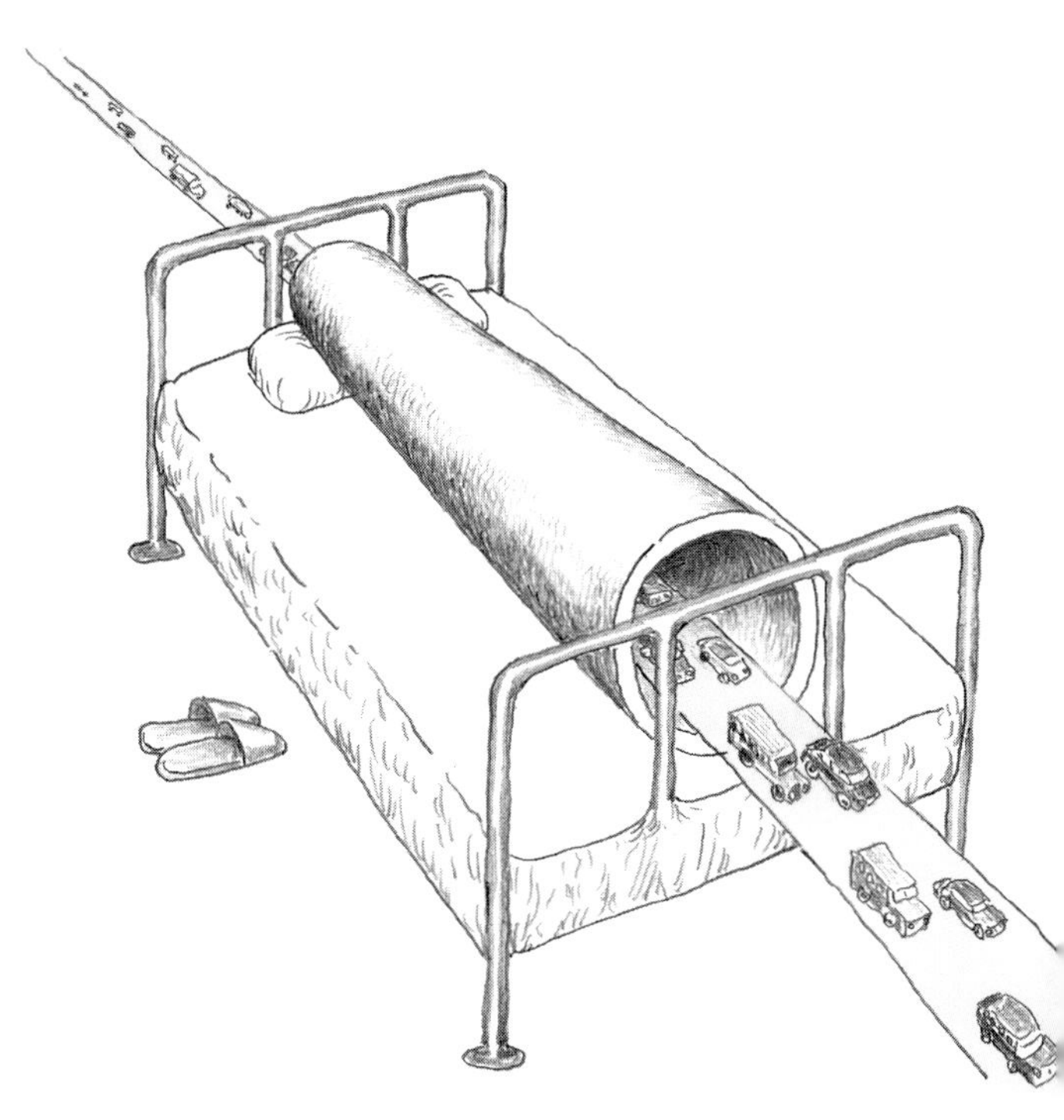

なめこ
JAS

自分は常に揺れ動いている。公道を通過する物はまだはっきり自分でないとはいえ、一部は自分になりかけている。逆に爪や毛髪や垢や涙は、自分以外になりかけている。自分は二つや三つには割れず一つであることはたしかだけど、その「一つ」の周辺をいつもあいまいなゾーンが取り囲んでいる。

味噌汁にすると美味しいナメコというのは、どこまでがナメコかわからないヌルヌルをまとっているが、ある意味、自分の周辺もそういうボヤボヤ状態にあるらしい。

免疫学の方では、そのボヤボヤ部分が重要らしい。自分に接触してくる菌類を、どこで検問するのかというと、その国境警備の係員の判断にまかされているという。脳はそこまでは関知しない。国境警備隊に丸投げである。自己か非自己かという大事な問題が、大学も出ていない、かもしれないような係員に、一任されているという事実は面白い。

大学くらい
出てますよ

こうやって周辺部がボヤボヤでも、自分は一人にまとまっている。人間に限らず犬も猫も、命あるものは全部自分一人、自分一匹で動いている。それぞれが接近し、密着し、群として合体したように見えても、それは気持だけの問題で、最後まで一人、一匹、一頭であることに変わりはない。男女が合体した結果の新しい生命も、生まれ出てくるのは自分一人だ。

自分は1という整数のモデルである。算数では1を二つに割ると0.5と0.5になるが、自分というものは二つに割れない。無理に割ると、ゼロになる。

Ⅳ 一つだけの問題

A Single Problem

子供のころ、自分は何故(なぜ)ここにいるのかと考えた。友だちにAちゃんやBちゃんやCちゃんがいるけど、みんなそれぞれ向(むこ)うにいる自分らしい。自分は何故この、ここにいる自分になっているのか。

Bちゃん
(あっちの自分)
Cちゃん
(あっちの自分)

この自分は、Aちゃんや
Bちゃんの自分になれない
のだろうか。向うもこっち
も自分なのに、どうしてこ
の自分だけになっているの
か。それが不思議だった。

あっちの自分って、どういう自分なのだろう。いちど見せてほしいが、Aちゃんの中から出てこない。自分の自分も、もうこの自分から出ていけないらしい。

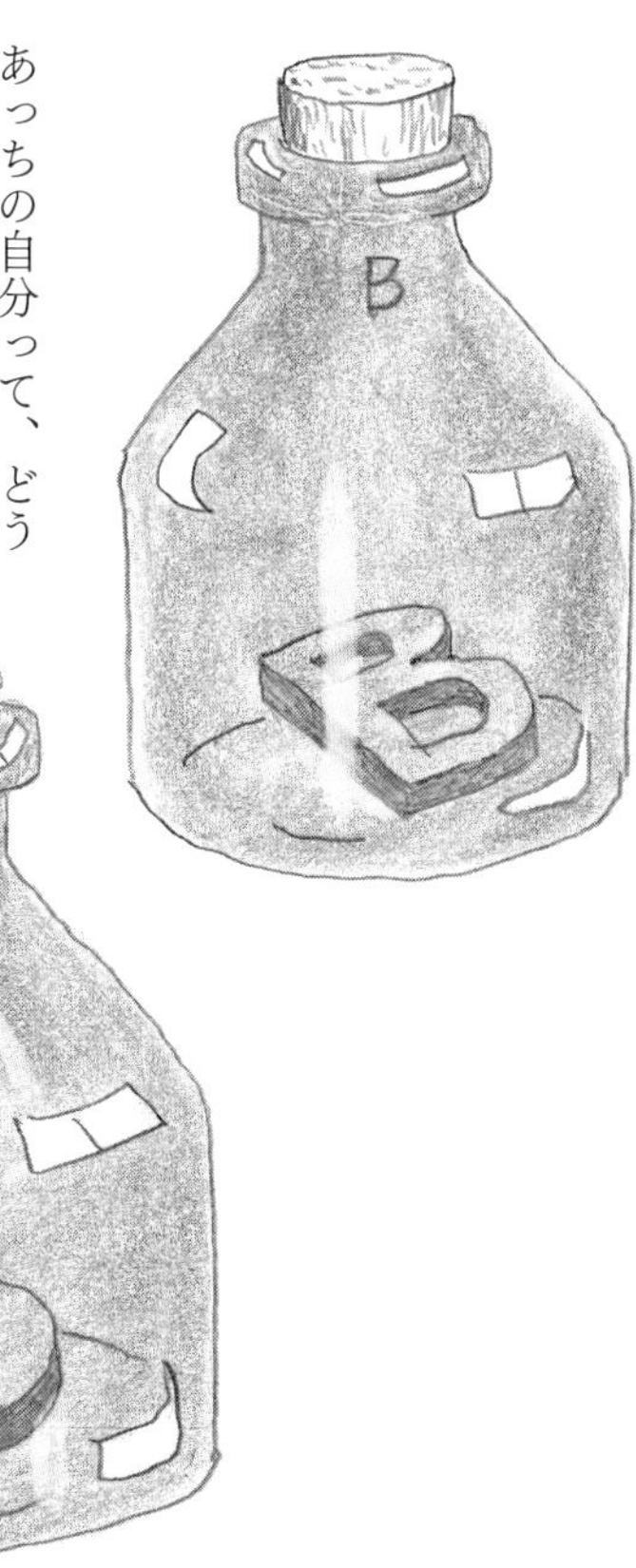

そんな自分の不思議がふくらんで、自分はひょっとして、ここで試されているのではないかと思った。ここは地球のこの生活空間だ。じつは自分はどこか別の星の王子さまか何かで、でもちゃんと生きられるかどうか、とりあえずこの場所で生活を試されている、のではないかと疑っていた。地球とか星という言葉を知っていたので、もう幼稚園とか、小学校くらいには行っていたと思うが。

縁側でぼんやりしていると、そばで母親が編み物をしている。いつも近くにいる人だ。この人は本当に人間なのだろうかと疑った。じつはぼくに見せるために、表側だけ精巧に造られた物ではないのか。

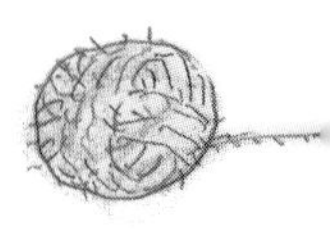

縁側で父親が爪を切って
いる。パチンと爪が飛んだ
りしているけど、この人は
本当に人間なのだろうか。
ぼくに見せるために表面だ
け精巧に造られた物ではな
いのだろうか。

パチン

とにかくぼくの側に向いた表面だけが、母や父という人間に見えているのではないか。ぼくが動くと、それにつれて表面も連続的に造られていくので、人間に見えているだけなのではないのか。もしぼくに物凄いスピードがあって、さっと向うに回ると、父や母の何もない裏側が見えるかもしれない。でもぼくにはそんなスピードがないので、表面の向う側が見えずにいる。

そう疑っていた。

　こんなことを考えたからといって、ぼくの両親は、ごくふつうの両親だった。リコンとか死別による連れ子とか、そういう複雑な関係があったわけではない。ごくふつうの関係の、優しい両親だった。それでもこういう疑問の湧いてくるのが、不思議なのだ。

大人になってから兄弟で打ち明け話をしていたら、やはり兄の場合も、世の中のものは自分に見せるためにあると感じていたという。

道の向うからAちゃんがお母さんとやってくる。そのAちゃんが突然転んだ。あれは自分に見せるために転んだのだ。実際は石につまずいたのだけど、その石はAちゃんが転ぶためにそこに置かれていた。そう思っていた。

石コロ

同様に新聞もそうだった。毎朝玄関の隙間から新聞が配達されてくる。その新聞記事は、自分に見せるためだけに印刷されている。記事にはいろんな事件が書かれているが、その事件はうちに配達する新聞記事のために、わざとあちこちで起こされている。そう思っていたそうだ。

人間の大人の話では、幼児期のこの種類の思いのことを貴種願望と言うらしい。自分だけ特別で周りとは違うという感覚。でもこれ、願望だろうか。自覚ではないのか。自分がここに一人しかいないのは事実だから、自分が貴種であることは確かなのだ。

人間はこの世に数え切れぬほど大勢いるが、自分だけはみんな貴種だ。

人類は全員が貴族なのである。

天上

天下

V

強い自分　弱い自分

Strength and Weakness

動物の自分はどうなっているのか。

アフリカの大草原で、草食動物の群の一頭が、肉食動物に捕まって食べられる。その時の草食動物からは、もうほとんど自分が消えているみたいだ。何かあっさりと自分を諦めて、この世からさっさと退場している。生き物すべてに「自分」はあっても、強い自分と弱い自分とがあるのではないか。

肉食獣は闘争の世界に生きている。獲物をはっきり狙うために、両眼が前方に並んでいる。強い自分の証拠である。

一方の草食獣は食べるのが草だから、のんびりしている。草は動かないから、ゆっくり近寄っていけばそのまま食べられる。でも肉食獣に襲われるのを警戒するため、目は顔の両側に離れてついている。自分というのがかなり弱く、むしろ群の一部という感じが強い。

植物の自分はどうか。

植物には動物みたいな目玉がついていない。植物にも一本ごとの自分はあるが、草にしても竹にしても根で繋がっていたりして、群の性質が強い。長い時間をかけて群として動くことはあっても、まずは受け身で生きているから「瞬間自分率」は動物に比べたら微弱なものだろう。

微生物はどうか。

菌類もそれぞれ個体をもって生きているから、微小な自分があるのだろうか。ある種の粘菌類は、食料的に豊かなときは個々ばらばらに活動していて、食べ尽くして食料飢饉になると、だんだん結集して、全体が

一つの個体となって移動する。そして次の豊かな場所を見つけると、固(かた)まっていた全体がほどけて周囲に散らばり、またそれぞれが小さな個体となって勝手に生きはじめるという。

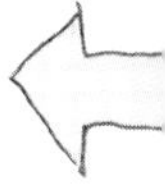

一億一心火の玉だ!
撃ちて
やまむ
欲しがりません
勝
は!
國防婦人會、大東
亜學
隊

これは人間社会の、戦争と平和の相関関係を見るようだ。

飢えや危機が迫ると、人間の群も結集して「一億一心火の玉だ」という国民総動員体制となり、「欲しがりません勝つまでは」と、各個体ごとの自分は弱まって縮小する。それが終わって繁栄と平和の時代になると、また自分は強くなり、表現の自由や選択の自由があらわれる。群はばらばらになり、校内暴力、家庭内暴力その他、勝手なふるまいが広がっていく。

戦時中に各ご家庭から余ったナイフやスプーンを供出（きょうしゅつ）して軍艦（ぐんかん）を造ったように、緊迫時にはそれぞれの自分の一部が個体を抜け出て、群として固まっていく。

　生命体には個体ごとに自分があるが、それが環境や状況の浸透圧（しんとうあつ）で、一部がいわば液状化（えきじょうか）して、個体の壁を出入りするものらしい。

　つまり豊かなところでは強い自分があらわれて、飢饉となると弱い自分に変化する。

チームプレイ
コツン

人間は肉も食べるし草も食べる雑食(ざっしょく)系だから、強い自分と弱い自分が同居しているらしい。

それが時に応じて変換(へんかん)しながら、たとえばの話、人生の前半は強い自分が生活を切り開き、後半になると弱い自分が場所を得て、俗に人間が丸くなったといわれたりする。

歳（とし）をとって認知（ボケ）るのは、
弱い自分のあらわれだろう。
もの忘れというのは、それ
を覚（おぼ）えている自分と覚えて
いない自分が、時を変えて
あらわれることだ。

二つに割れなかったはず
の自分だけど、人生の時間
軸（じく）の中では、それが少しず
つ砕（くだ）けて、そのカケラが出（しゅっ）
没（ぼっ）を繰り返している。

格闘技のリングの中では、強い自分が望まれている。でも人生はリングではなく、細長く伸びた時間の紐なのだから、必ずしも強い自分だけが望まれてはいない。

雑食する人間は、肉食系から草食系に移行した先で、最後には植物そのもの的な自分になろうとしているのかもしれない。

でもいまはまだそれほど認知（ボケ）てはいない。自分の名前は覚えているし、住所も覚えているし、髭剃（ひげそ）りの場所も知っている。

　目の前にあるのは鏡だとわかっているし、ちゃんと髭も剃れるのである。

ブィーン

あとがき

ぼくはある時から本の「読まれ率」というものが気になってきた。本が売れたからといって、本当に読まれているんだろうか。

むかし車椅子の天才科学者ホーキング博士が来日して、一種のブームになった。宇宙論の本が出て、どっと売れた。ぼくも宇宙の謎を知りたくて、どっと買った。でもいざ読みはじめたらすぐ難しくなり、ほとんど読んでいない。あれを全部読んだ人は、買った人のどのくらいいるのだろうか。ほとんどいないのではないか。「読まれ率」というのは表には出てこない。本が世に出て売れるのは、それだけでも嬉しいことだが、本当に読まれているのか。ぼくはそのことが気になる。だって読まれなければ、それを書いた意味がないんだから。

若いころは文章を書くのに難しい言葉ばかり使っていた。難解なものほど凄いという風潮もあり、よけいそうなっていたと思う。でもそのうち「難解」がただのスタイルだとわかり、自分で恥ずかしくなってやめた。世の中に難解な問題はたくさんあるけど、言葉が難解では肝心の問題までたどりつけない。

文章や本というのは、農業みたいなものだと思う。形のいい物を作っただけでは何にもならない。それがちゃんと食べられて、食べた人の体内で分解されて、身になってこそのものだと思う。本当にそうなっているかどうか、というので読まれ率が気になる。

そんな思いがだんだん表に出てきて、この大人の絵本のような形が出来た。取り上げる問題は子供のころからの宿題だけど、ページごとに変わる絵を描いていくのは、畑の土いじりをしているみたいに楽しい。この土に出来る実を、たぶんみんな食べてくれるだろうと、自分でもそれを夢想しながら描いている。

二冊目のこの本は、自分のことだ。自分が自分であることはあまりにも当然で、しかも強制的で、誰にも逃れられない。みんな確実に自分である。地球上には現在だけでも六十億の自分がいる。歴史的にはこれまでに何千億、何千兆、何千京という自分があらわれて、消えていった。

遺伝子は継承できるようだが、自分は継承できない。一代限りだ。譲渡もできないし、交換もできない。貸与もできない。これを不思議といえばいいのか、当り前といえばいいのか。

むかしは当り前のことは無視していた。それよりも、当り前を超えるものを見たいと、それればかり追いかけていたように思う。それでどうにかなったかというと、案外どうにもなっていない。

それよりも、当り前のものを見るのが面白くなってきた。当り前だと思って無視していたものが、じっと見ているともじもじし始める。ぼくだって人にじっと見られていると、気まずくてもじもじしてしまうものだが、当り前のものにもそれと同じような関係があるらしい。

自分が自分のことを考えるというのは、人間の脳が脳のことを考えるのと同じで、最後の一点が見えないはずのものだが、でももじもじはしてくるようである。そのもじもじラインを繋いでいくと、不可能な一点が推察できるような気がして、こういうものを書いてみた。

今回も編集は永上敬さん、ブックデザインは成澤望さんにお世話になった。さあ次は『四角形の歴史』だ。

2005・10・26
赤瀬川原平

解説　原平さんの原稿

タナカカツキ

だれでも強烈な読書体験というものがあると思う。赤瀬川原平さんの文章に初めて触れたのは美大生になった頃「なんだかすごーくよくわかる！」と瞬間的に惹き込まれた。モヤっとした感覚がことごとく言葉になっている。すごい。

「わかる」というのは、自分にもそんな見方や物事のとらえ方が多少あって、こんなことを思うのはぼくだけなのだろうかと心細くなったりしたことも、原平さんの本を読めば、むしろ堂々とそのことを表明していいんだなと励まされた。原平さんの本は自分にだけに話しかけているようだなぁと感じていた。

当時、私は赤瀬川原平という作家はまだ知る人ぞ知るマニアックな作家だと思っていた。本屋の片隅での偶然の出会い。『超芸術トマソン』だったと思う。トマソンブームを巻き起こした有名な本なのだが、私が知らなかっただけである。

美大に通いながらマンガ家を志していた私は、原平さんも『ガロ』やなんかでマンガを描いていたことを知り、うれしくなる。好きな作家と自分の共通点を見つける楽しさ。原平さんが美大出身だったこともものちに知って「また共通点！」と思ってうれしくなった。作家の略歴をネットですぐに調べられる時代ではなかったので、それらの情報はエッセイなどを読んで徐々に知る時代である。原平さんは子どものころ、夜尿症に悩まされていたこともエッセイの中で知り「ぼくもー！」と恥ずかしい共通点。すっかりファンとして、過去の作品をさかのぼって読んだりした。

原平さんは昔、前衛芸術家で、千円札裁判（日本の美術界では伝説の裁判、原平さんは通貨及証券模造取締法違反で起訴され有罪になった）で、世間を騒がせたり、小説で芥川賞（尾辻克彦というペンネームで。ちなみに原平さんの本名は赤瀬川克彦、私も名前に「克」という漢字があるので共通点）をとっていたりと、すでに超有名な人だった。自分だけが出会ったまだまだ芽の出ないマニアックな作家ではなかったのでちょっと残念。私が通った美大の恩師が当時の千円札裁判の証言人の一人だったこともあとで知った。そのときの話を聞きたかったなぁ〜。私はとっくに美大を卒業してしまっていた。

『老人力』のブームが来た頃だったと思う。編集者Nさんに、赤瀬川原平という作家がいかにユニークですごい人物か、なぜか私がプレゼンしまくったことがあった。原平さんのことをあまりよく知らなかったNさんだったが、私の話を面白がって聞いてくれ、原平さんの著書もいくつか買って読んでくれた。たいへん気に入ってくれたようで、打ち合わせでNさんと会うたび、小さなファンクラブ会のように、赤瀬川原平の最新刊や活動についてのおしゃべりで盛り上がった。さらに数年後、出版社に勤めるNさんはカメラに関するムック本を出すことになった。Nさんが報告がありますといった面持ちで「原平さんに原稿の依頼をした」と言った。私は「ついに！」と小声で叫び、なんか先を越された感も味わいつつ、うれしかった。原平さんは今なお現役の作家として、Nさんを通してだが、目と鼻の先に確かにいる。

Nさんはさらに「原稿ができたみたいだから原平さんの家に取りにいくけど、カツキさんも来る？」と急なおさそい。そんな簡単に会えるような人じゃないのに、Nさんの軽さはなんだろうとモヤっとしたが、お会いできるならお会いしたい。でも、仕事には関係ない私が用もなくおじゃましていいのか？よく話を聞いてみると、原平さんの取材も同時にやるみたいで、カメラマンやライターも同行するらしい。そこに私も加わったら大人数になってしまう……。というか、そもそも私は部外者。

訪問は遠慮した。不用心に誘うなよ～Nさん……。

その後、訪問談を聞かせてもらった。「飲みかけのお茶碗をぐるぐる回しながら底に溜まった茶葉の粉が宇宙みたいだね」と原平さんは言っていたらしい。どういう意味なんだろう？「全然意味わかんなかったけど、とにかく原平さんの話ヤバかったわー」とNさん。茶の底に溜まった粉の動きが銀河の星々の動きに重なって見えたのかな……？　Nさん、ちゃんと聞いといてよ～…。

『自分の謎』は発売されてすぐにネットで買った。「こどもの哲学　大人の絵本」と帯にあった。原平さんのモノの見方、思考世界へ入って、原平さんに手を取られて優しく謎の脳内会場を案内してもらう感覚。これも楽しい読書体験。いつも新しいことをされる。さすがだなぁ～。原平さんの絵もたっぷり拝めてうれしい。途中放棄した本なども原平流にアレンジしていただけると残さずきちんと読み切れる読後感で本を閉じられるのに。

それから九年後、大きな個展を間近に控えた秋に原平さんはこの世からいなくなった。生前一度もお目にかかることはなかった。

最近、会社ごと大規模な引っ越しをしていたという編集者Nさんにひさびさ会った。私にプレゼントがあるという。引っ越しの際にでた廃棄物の中から原平さんの生原稿を拾い上げ救出したと。四百字詰めの原稿用紙三枚、カメラに関するムック本に寄せられた小さなエッセイだ。原稿用紙は原平さん専用ののだろう。Akasegawa とOtsujiの間に猫のイラストが印刷されている。鉛筆で書かれた、ひょろっとして愛らしい原平さんの文字。ところどころ消しゴムで消して書き直した跡、トルツメの指示や、挿入の、まぎれもなく赤瀬川原平の直筆。息をとめてジロジロ、さっきまで背中を丸めて書いていたような生々しさ。プレゼントというのはこの生原稿を私にくれるということのようだ。おいおい！　Nさんこういうものは本人に返却するものでしょ。本人がすでにこの世にいなくとも親族にお返しするべきでしょ！　芥川賞作家の直筆原稿をゴミとして扱っていた出版社もズサンすぎるし、カメラのムック本に寄せられた原稿ということは、Nさん、あんたが担当したものじゃないですか！と、ひとしきり憤慨し、遺憾の意を示したあとは、原稿の入った封筒を静かに受け取った。

今、その原稿が私の目の前にある。この景色は、ある日の執筆中の原平さんが見た景色と同じだ。長い年月をかけ原平さんの目と重なり合うことができた。うれしい。

なので、原稿は私が大切に〈保管〉しております。いつでもご連絡ください。

（マンガ家）

本書は二〇〇五年一一月、毎日新聞社より刊行された。

ちくま文庫

自分(じぶん)の謎(なぞ)

二〇二二年二月十日　第一刷発行

著者　赤瀬川原平（あかせがわ・げんぺい）
発行者　喜入冬子
発行所　株式会社　筑摩書房
東京都台東区蔵前二―五―三　〒一一一―八七五五
電話番号　〇三―五六八七―二六〇一（代表）
装幀者　安野光雅
印刷所　凸版印刷株式会社
製本所　凸版印刷株式会社

ISBN978-4-480-43794-5　C0195